21世纪华语诗丛·第二辑

韩庆成 / 主编

慢时光

汪梅珍　著

美丽的汪河，我们来了
你晃动的水波
是天空的心跳

知识产权出版社

全国百佳图书出版单位

—北 京—

图书在版编目（CIP）数据

慢时光/汪梅珍著. —北京：知识产权出版社，2020.5
（21世纪华语诗丛/韩庆成主编. 第二辑）
ISBN 978 - 7 - 5130 - 6843 - 7

Ⅰ. ①慢… Ⅱ. ①汪… Ⅲ. ①诗集—中国—当代 Ⅳ. ①I227

中国版本图书馆 CIP 数据核字（2020）第 047235 号

责任编辑：兰　涛　　　　　　　　　责任校对：谷　洋
封面设计：博华创意·张冀　　　　　责任印制：刘译文

慢时光

汪梅珍　著

出版发行：知识产权出版社有限责任公司	网　址：http：//www.ipph.cn
社　址：北京市海淀区气象路 50 号院	邮　编：100081
责编电话：010 - 82000860 转 8325	责编邮箱：zhzhang22@163.com
发行电话：010 - 82000860 转 8101/8102	发行传真：010 - 82000893/82005070/82000270
印　刷：三河市国英印务有限公司	经　销：各大网上书店、新华书店及相关专业书店
开　本：880mm×1230mm　1/32	印　张：5.875
版　次：2020 年 5 月第 1 版	印　次：2020 年 5 月第 1 次印刷
字　数：64 千字	全套定价：198.00 元
ISBN 978 - 7 - 5130 - 6843 - 7	

自信、娴熟与成就

杨四平

21世纪已经20个年头了。在中国文学史家惯常的"十年情结"思维图谱里，21世纪文学已经跋涉了两个"十年"。这让我想起20世纪中国文学"三十年"里的头两个"十年"，那是其发生与发展的两个"十年"。相较而言，21世纪头两个"十年"却是发展与成熟的两个"十年"，尽管没有出现像20世纪头20年时空里那么多灿若星辰的文学大家。我想，这也许不是文学文本质量的问题，更不牵涉文学之历史进化观问题，而是其传播与接受的差异问题。再过几百年，在这两个世纪各自的头20年，到底是哪一个世纪最终留下来的经典文本多，还是个未知数呢！

回望历史，关注动态，展望未来，百年中国新诗一路走下来，实属不易且可圈可点。20世纪80年代中期之前，在启蒙、革命、抗战、内战、"土改""文革"、改革等外部因素影响下，中国新诗一直在为争取"人民主权"而战，中国新诗的社会学角色、责任担当及诗意书写成就辉煌；之后，在经历短暂之"哗变"以及为争取"诗歌主权"之矫枉过正后，中国新诗在"话语"理论中，找到了内与外、小与大、虚与实之间的"齐物"诗观，创作出了健全而优美的诗篇，同时，也促进了中国新诗在当下之繁荣——外部的热闹和内在的繁荣！显然，这种热闹和繁荣，不仅是现代新媒体诗歌平台日益增长的文化与旅游深入融合导致的诗歌活动之频繁，诗人、诗歌的"自传播"和"他传播"之交替，更是中国新诗在"百年"过后"再出发"的内在发展和逻辑之使然。

当下的诗人，不再纠缠于"问题和主义"，不再困惑于外来之现代性和传统之本土性，不再念念于经典和非经典，而是按照自己的"内心"进行创作，其背后彰显的是当下中国诗人满满的文学自信。

正是有了这份弥足珍贵的新诗自信，使得当下中国诗人在进行创作时能够"闲庭信步笑看花开花落，宠辱不惊冷观云卷云舒"。如此一来，当下诗人就不会徘徊于"为人生而艺术"或"为艺术而艺术"，也不会计较于"为民间而诗歌"或"为知识而诗歌"；进而，他们的创作就会写得十分"放松"，而不会局促不安，更不会松松垮垮。因此，当下，一方面诗人们不热衷于搞什么诗歌运动，也淡然于拉帮结派；另一方面诗评家也难以或者说不屑于像以往那样将其归纳为某种诗歌流派或某种文学思潮。即便有个别诗人仍留恋于那种一哄而上和吵吵闹闹的文学结社，搞文学小圈子，但是那些毫无个性坚持且明显过时的文学运动在新时代大潮中注定只是一些文学泡沫而已。

用文本说话，让文本接受历史检验，纵然"死后成名"或死后成不了名，也无所谓。这已成为当下中国诗人的共识。所以，当下中国诗人专注于诗歌文本之创作，一方面通过内外兼修提升自己的境界，另一方面砥砺自己的诗艺，以期自己的诗歌作品能够浑然天成。伟大作品与伟大作家之间是在黑暗中相互寻找的。有的作家很幸运，彼此找到过一次；而有的作家幸运非凡，彼此找到过两次，像歌德那样，既有前期的《少年维特之烦恼》，又有后期的《浮士德》！所谓机遇，就是可遇而不可求，但"寻找"却要付诸实践、坚持不懈。我始终坚信：量变是质变的基础。这一定律，对文学精品之产生依然有效（前提是"有主脑"的量之积累）。那种天才辈出的浪漫主义时代早已一去不复返了。值得嘉许的是，当下中国诗人始终保持着对新诗创作的定力，在人格修为上，在文本创作上，苦苦进行锤炼，进而使他们的写诗技艺娴熟起来，创作出了为数不少的诗歌佳作，充分显示了 21 世纪初中国新诗不俗的表现及其响当当的成就。

我是在读了本套"21 世纪华语诗丛"后，有感而发，写下以上这些话的。在这十本诗集里，既有班琳丽、夏子、邹晓慧这样已有成就的名诗人，也有李玥、刺桐草原、汪梅珍这样耕耘多年的实力派，还有卡卡、杨祥军这样正在上升期，状态颇佳的生力军，以及蔡英明、李泽慧这两位 90 后、00 后新锐。他们各具特色的作品，使这套诗集内容丰富、异彩纷呈。祝愿我的诗人朋友们永葆自信、精耕细作，在未来的日子里不断给中国新诗奉献出新的精品力作，为中国新诗第二个一百年添砖加瓦、增光添彩！

2020 年 1 月底于上海外国语大学

目　录
CONTENTS

第二辑 重生

第三辑 种子的梦

第一辑　岁月静好

汪河，我们来了

——与文友秋游桐城黄甲挂车山（汪河村）

晚秋，蝉尽。

挂车山崇山峻岭。

山顶之上是云的故乡，

山间的云雾是山神的失眠。

悬崖峭壁吸入刀光剑影。

山上的树叶，五彩斑斓，

一片一片地飘落，不去穿越时空，

只在脚下生根。

美丽的汪河，我们来了。

你晃动的水波，

是天空的心跳。

你厚重的人文历史，

以及今天翻天覆地的变化，

是我们龙的传人的骄傲。

美丽的汪河，人杰地灵，

你用智慧的乳汁，

哺育着桐城人民。

汪河，你的源头一定在天上，

那会是一个不老的千古神话。

美丽的汪河,你将流向哪里?
大海吗?
那会掀起多少人心中的风暴,
阳光照射下,一望无垠,
狂风暴雨时烟波浩渺。

我们还要去红尘最美的地方:
桐城檀香寺,
仰望,拜佛!

熟悉的河流　歪脖子树们

1. 熟悉的河流

青草地
在月光盛开的地方

三河在河流的中游
经过我熟悉的村庄

儿时的炊烟
化作丝丝细雨
滋润着万年青

2. 歪脖子树们

大歪脖子树旁
有几棵小歪脖子树
几只小鸟飞来飞去
初冬的歪脖子树们
异常冷漠
它们不在故乡，不在异乡
在季节的边缘，沉郁

叩问　春夜

1. 叩问

远方，是眼中的苍茫
自由，是沉睡的火种

马蹄声惊动远古的羚羊
芸芸众生，哪一个是神的化身

2. 春夜

春风
测试着夜的深浅
木鱼声打开一条河流
深水处是放生的鱼虾
山林被菩萨的慈悲感化
不再放养野兽

小雨 三月桃花魂

1. 小雨

假寐后，集体逃遁
是一条河的分娩
还是残缺的泥泞？

2. 三月桃花魂

河中的竹筏
渡人也渡花魂
渡绿树也渡青山

桃林中的桃花姑娘
声声竹笛
吹疼赶考的书生

妙手回春

——题赠桐城市人民医院中医专家程锐先生

每天
您把自己交给时间
上午，下午
静，静沉世界红尘
把脉
来自全省各地的病人

千古花草
于您笔端流出
一如三月晓风
吹去千百病人愁容

妙龄女子含泪无奈地望着
走失的云朵，凋谢的桃花
她的病大医院都治不好
慕名找到您
您如"扁鹊再生，再世华佗……"

您拒收她感恩的礼品
她的家人请知名书法家李鼎先生

题写一幅字："妙手回春"

装裱后送给您

表达一份深情的感恩

播　种

有一句谚语
"春雨贵如油"
在雨季，在春夜
我尽力搜寻一个词
——火种

火种，那是温暖
杨柳树，香樟树
伸手捧起"火种"吧
风雨无阻，抵达黎明
然后，找一块热土

新安渡

新安渡，一个古老的渡口
如今是一个发达的农村集镇
她像一位老人，又像一个孩童
经常仰望天空数星星
天上的星星有增无减
这让她格外惊喜
新安渡，童话般地活着
而且，活得更年轻，更有朝气

温　暖

这中秋，这明月
给人间以柔软
从青草地起飞的白鸽子
落在大沙河的河床上

有些往事，爬过山岗，穿过云烟
在星空中弥漫
记忆中，老屋前
那红红的石榴
那满树的野桃
温暖着我整个童年

秋风疼

秋风来了又去，去了又来，

那年秋天安乐死的小伙子，

真可惜。

他带着身怀六甲的妻子，

去讨薪，

企业老板不给钱，也没有个准信。

他一气之下，拿起水果刀向对方猛刺，

几刀下去，刺中要害了。

那位老板在送医院的途中死去，

冲动是魔鬼，世间买不到后悔药。

社会舆论哗然，

企业家们说：这还了得，必须严惩。

老百姓说：事出有因，纯属误伤。

法官也动了感情，判决书下来了，

安乐死。

卑微的父母，怎样面对安乐死的孩子？

还有那身怀六甲的妻子，

他们的心早已扎满了刺。

（注：这是几年前网络上看到的事，论坛有许多
帖子都在讨论此事）

看风景　柳叶

1. 看风景

秋风劲，野草深
一只白兔消失在草丛中
一朵白云携着陈年旧梦，奔跑着
身后是瓦蓝瓦蓝的天空

2. 柳叶

秋风中，柳叶飘着
莲子背着书包上学去
她伸手接住飘飞的黄叶
放在口中吹——
多美呀，像鸟鸣
柳叶黄了，飘飞的姿势
落地的过程
多美呀，似仙女
柳叶接地气了，更有清香
莲子想——
秋天如柳叶，成熟而香醇

树的灵魂　落叶不孤单

1. 树的灵魂

秋天的落叶，到春天就会重返枝头
她经历了一个又一个轮回
倘若树叶也是树的灵魂
那么，一棵树就会有数不清的灵魂
这些灵魂，秋天死亡，春天复活

2. 落叶不孤单

一江春水推波助澜
夏天——
明子在泉水边打坐
秋天里，有朋友等他
还能喝酒吗？

微微秋风
明子在岸边看天空
云淡风轻吗？
夕照下，天空
无端地下起雨来

落叶不孤单

陪秋风

伴秋虫

落叶躺在秋草上

看天空

有雁南飞

星夜，并不灿烂　狗尾巴草

1. 星夜，并不灿烂

不小心摔碎一个茶杯
我拿起条把打扫支离破碎
望窗外星空——
星星乱了方寸
半个月亮，似我多余的温柔

2. 狗尾巴草

青青的，轻轻的
随风
与绿色结盟

青蛙、青虫
掩映其中

秋风，匆匆而过

秋风的杀伤力
我领略过了
头发比树叶落得快

秋风匆匆而过
留不住黑发
留不住满树青葱
留不住落叶般飘逝的父母

秋天的杨柳　回想七月

1. 秋天的杨柳

河边的杨柳似乎病了，
它有气无力地摆着长长的柳丝，
亲吻不老的河床。
从早晨到黄昏，一刻也没停留。

2. 回想七月

七月
有零星的树叶变黄落下

石头可以生成一座山
石头也会变成星星

我看到了
夏夜的萤火虫在凄美地闪烁

白与黑

白纸黑字在飘

这是今年高考后的莘莘学子在撕书

在释放压力

理解吗？不

宽容吗？也许有一丝丝

"书籍是人类进步的阶梯"

记得长辈曾经教育过我们

要爱惜书本，以及笔墨纸砚

撕书，是对知识的亵渎

是对文明的亵渎

撕书狂欢，不如放声歌唱

抑或集体朗诵诗歌

寒窗十几载，收获多多

求学之路，漫漫长途

大学不是终点，而是起点

白纸如果是纯真少年

那么黑字亦是成功人士

不应飘飘，而应脚踏实地

何奶奶

老家有位何奶奶
一生未看过医生，未吃过药
上火了，她到田野里挖几株马兰
在田沟里摸几个铁螺蛳
炖一灌汤，喝下去，就好了
她的小毛病，都是土方子治好的
何奶奶高寿
接近 90 岁那年摔了一个跟头
就去天堂报到了

雨

1. 夏天的雨

云层中掉下几滴雨
一阵风，招呼更远处的云
雨就哗哗下起来了
一群顽童仰着头，嘻嘻哈哈
而杨柳低头参禅

2. 细雨

傍晚时分
天空飘起细雨
似有翅膀在风中扇动
是白鸽子吗？

夜色蔓延
平躺在没有月色的乡村
我更愿意看到——
青蓝色夜空下的万家灯火

逆　境

生理期的情绪波动
伴有泪滴
听到幸灾乐祸的声音：
你就哭吧，人生苦短呢

又一画外音：
我们知足常乐呢
这群超越时空的家伙分明在笑

于是，我提笔
仿佛要力透纸背
写下大大的两个字：逆境

我在逆境中唠叨半天
还是坐船吧
从此岸到彼岸
熟悉的风景从眼前飞逝

生活啊，我没有理由复制
那个超越时空的人
此刻变得虚无缥缈

我给时间打个结

奔跑，奔跑
跑急了掉进池塘
多亏了一位叔叔救了他
这个十一二岁的孩子，谁家的？
风吹着杨柳，时间在奔跑着

我给时间打个结
记住这位好心的叔叔
暑假来临，给孩子们提个醒：
玩得开心，珍爱生命

今天谷雨

谷雨到来，乡村明艳

树叶一天比一天茂盛

提前长成夏天

青草还在疯长

村庄的柳树已倒了几棵

无忧的小柳树

已淡出我的视线

不知所措的智慧

站成画外音……

沿着夏的轨迹

立夏了，桃花水已走远
不知谁与她结伴同行

沿着夏的轨迹
我们一直走，向着河流的上游
静听夏花开，静听流水声

千万朵花儿的微笑声中
有燕子喜悦的歌声

雨　中

雨斜斜地下
一些雨滴从我的睫毛上滑落
我在行走中听雨
这初夏温暖的雨，我喜欢
恰似昨夜梦中给我暖脚的哥哥
雨花溅湿我的衣服
我思念的暑假，越来越近
越来越近——

乡　愁

乡村竹林
一条小路伸向远方
小路之外是看不见的无数条小路

一杯茶，拿起，放下
我无法将茶杯放稳
溢出的茶，伴着空出的伤，隐隐作痛

高山松　母亲

1. 高山松

立于山峰
风过时，把一个词唱响
"居高临下"

2. 母亲

母亲在河流的上游
她的声音越过时空
阳光正涌动着慈祥
我看见了从容与宽容
风轻轻，抚摸千山万水
海浪腾空

五　月

五月的阳光

落在一朵花上

落在一棵小树上

一些疼，一些不明原因的病症

与花朵擦肩而过

与小树擦肩而过

空出一些时光

留给忧伤

阳光，你好！

去六月，安置一些蓝

保持安静

小树会结出善果

端午时节　听阳光，望远方

1. 端午时节

端午携手月牙，艾草飘香。
黄澄澄的杏子俏在月光下。
杏子如乡村游子，端午节返乡。
一种温馨，一种生命的回声，胜过远大的理想。

2. 听阳光，望远方

听阳光
阳光如清泉流淌
望远方
有大海里腾飞的浪花
诗人啊，我喜欢你身后的山川河流
还有那些大树、小草、小花

神圣的诗人节

端午时节，艾草飘香。

阳光下，艾草站在乡村的土地上，遥望汨罗江。

一株株艾草，一株株菖蒲，

在风中，像一面飘扬的旗帜，张扬着生命的

魅力。

每年的诗人节，

菖蒲与艾草被人们割下，挂在大门上，

神圣威武，仿佛《离骚》与《九歌》。

湖 边

——题诗人碧宇风景照

从山里走出来，来到湖边
习惯于回头，望着天边
那是绿色的大别山——
挺拔的山松，绿油油的茶树
山上也有茂盛的野草
在你眼里定格成永恒

你的疼痛，在绿色诗歌里消解
你的喜悦，像湖边轻拂的杨柳

诗心晶莹

——题诗人小芹老师靓照

仙女小芹
诗人小芹
请问你哪年哪月哪日下凡尘
身在凡尘不染尘，诗心晶莹

小树、野草、小花
仰视你，无比敬仰
而你，左手清风，右手白云

观　光

——题胡立森老师风景照

兄弟离开了桃花岛，
又要去哪儿观光？
我想打听一下——
郭靖哥哥与小龙女妹妹还在桃花岛吗？

兄弟啊！
你身后的河流开满了莲花。

题图诗两首

1. 做一片荷叶吧
——题诗友星璀云璨爱的风景照

蝉声高涨
高温弥漫
诗人突发奇想，幻化为一片荷叶
给小鱼儿送去一季的清凉

2. 我看见——
——题诗人田老师靓照

油菜花是太阳的子孙吗？
风中的油菜花正甜蜜地舞蹈。
他们在迎接织女星与牵牛星下凡吧！
诗人啊，你心怀爱情，窗外的微风是你飞翔的
翅膀。
我看见——
一首诗定格在一幅画中，美而深情。

岁月静好

岁月静好
诗人啊，你在看风景——

翠竹园里有音乐会
江南竹子吹笛子，声声醉

红蜻蜓飞在童年的空中，
花儿盛开在诗歌的王国里。

潇湘月升起来了
轻盈、皎洁。

诗人啊，我在看你——
岁月伏在你的肩头，开心地笑了。

慢时光

河边的王子，你在干吗？
——题诗人子麦风景照

天空是蓝的，小河清冽冽。

河边的王子，你在干吗？在等白雪公主？

她在遥远的北方，会姗姗而来的。

还是陪美人鱼跳个舞吧，

我们站在桥上，为你们鼓掌!!

生活于我只是两幅画

她很满足

开窗就能看到远山

她说：

生活于我只是两幅画

一幅是：

红蜻蜓飞在昨日的荷塘

莲花幽幽绽放

另一幅是：

夕照下

窗前开满郁金香

阳光一如既往地照耀

风，似风琴
草木加入小鸟的合唱队
歌声翠绿
静下来，仰望
阳光一如既往地照耀

大地除了生长粮食、草木
还生长绿色诗歌
闪电过后，会开出鲜艳的花朵

他

虽已年过半百，每年的清明节
他都要回老家
把儿时走过的路再走一遍
到母亲的坟地数长数短地哭一场
他父亲过世早，是母亲一手带大的
并培养成人，母亲受的苦太多
而今，儿子大了有出息了
而母亲没有享到福
这是儿子最大的遗憾
乡亲们也陪着流泪
他是我的老乡，著名的专家

秋天，你好！

桂花的香味从南窗飘进来。
哦，桂花，你好！
哦，秋天，你好！
秋雨过后，高温几天，秋天不说话。
秋天无须寻找自己的位置，
前面后面，站着坐着，都是那么平淡怡然。

桂花开着细小的黄花，
漫溢清香，如一阕阕诗行。
小区里，大街上，
学校里，花园里，到处都有桂花的身影。
桂花欢欢喜喜地开着，慢慢品味，豁然开朗。
从绚烂到平淡，就像一杯芳香四溢的茶。

失忆纹

大脚趾起了老茧
据说那是失忆纹，要天天按摩
不然，会得老年痴呆症

九月，九月
每年的九月
留下的是忙碌
似一阵风

一堆作业堆在办公桌上
感觉亲切
我还是没有抽出时间
按摩我的失忆纹

怀旧之人　晚秋的河流

1. 怀旧之人

久久凝视树梢上一弯新月
"咩咩……""哞哞……"
乡音乡情，皆涌入青青草地

风轻轻擦去
怀旧之人的热泪

2. 晚秋的河流

落叶飘向河流的下游
河流啊，赞美你的诗篇很多

一弯新月在召唤岁月
归于河流

冬天，我们做个邻居吧 暑假买了两盆花

1. 冬天，我们做个邻居吧

夕阳下的奔跑，那是枫叶红了
村庄的棉花堆飞上了天空
积云酝酿睡意。而月光不再迟疑
在三千里江山排兵布阵
迟桂花的香味幽幽弥漫
小诗，我们不说爱
冬天，我们就做个邻居吧

2. 暑假买了两盆花

暑假买了两盆花
茉莉与丁香
四季开花，芳香洁白
节假日，我为它们剪除杂念
只浇清水与茶水
花开花谢，清新岁月

美术课上

美术课上
我画了一只猫
让学生照着画
估计二十分钟
学生纷纷拿出得意的作品
给我看
有的画两只猫在爬树
有的画了一只猫在池塘边钓鱼
还画了蓝天白云小鸟小鱼
有的画了几只猫在草地上散步
还有一个学生更有意思
在猫的头上加了一个"王"字
四年级的学生，太有才了
说不定以后会出一个梵高

假 日

早晨的风雨
没有一丝凉意
我知道冬天离我们还远
天边的那朵云有一点忧虑
南风送来桂花的香味
很美妙

国庆期间结婚的人真不少
鞭炮礼花飞舞，婚车奔跑
窗外雨小了
香樟树在雨雾中甜蜜

中秋节

灰色的北风
冷了中秋节
枫叶把最红的一面
呈现

婚车列队
一个个大红喜字落入凡尘
出游的人归于河流
不知今夜有没有圆月

中秋夜，没有圆月

云朵退出天空
雨
在北风的翅膀上飘逸

雨
在河流上绘画
在大地上写诗

中秋月
一退再退，悄悄潜伏
是在酝酿十六的圆月吗？

十六的月亮　无题

1. 十六的月亮

画一条河流，弯弯曲曲
驾一叶乌篷船，寻杨柳岸
杨柳岸上有十六的月亮

2. 无题

轻盈缭绕的烟雨
在崇山峻岭间缥缈
山野里
松树林是风的怀抱
野菊花，圣净
十月是一条河流
河流的中游，谁在读着九月
九月，那是一本精致的书啊

看桂花　秋天，你是我的邻居

1. 看桂花

闻着花香，舒心
感觉与花魂很近
远离了喧嚣，恰似归隐

2. 秋天，你是我的邻居

推开秋天的窗户
窗外，桂花芬芳飞舞
稍远处，一群小黑鸟冒着细雨
在小广场上作画
而后乘着杨柳风，飞上了一棵开花的树

秋天，你是我的邻居
我一直在你的身边，从未走远

秋天在河流的中游　无题

1. 秋天在河流的中游

阳光普照
秋天在河流的中游
一棵树就站在她的身后
树叶红了
还没有落下来的意思
也许，秋天很短
也许，秋天很长

2. 无题

撑一把伞，静静听雨
世界成了喧嚣的海洋

乡村　手持桂花的老人

1. 乡村

云在寻找河流
你告诉云
河流是大地的血脉
是游子的魂

山在增高
你挥舞着镰刀
任汗水与秋色结盟

2. 手持桂花的老人

手持桂花的老人
她虔诚地静听花语
也与桂花说着悄悄话
这位老人的笑容
催开了满园桂花
那时——
我正在南窗看流水

雨水与顽石

不问辽阔

不问苍茫

雨水固执地，一次次

点化山上的顽石

一些灵性的石头

向天空致敬

还有一些勇敢的石头

去峡谷探险

偶尔当个编辑也不错

当过大别山论坛"诗歌大厅"栏目的版主

当过诗歌流派网"散文诗"栏目与"诗探索"栏目的编辑

当过新浪博客新锐诗刊"好诗欣赏"与"每日一星"栏目的编辑

推荐过名家诗作上刊

也推荐过优秀的民间诗人佳作上刊

与诗歌打交道几年来,感慨颇多

我钦佩这样的诗人:

"在诗歌被铜臭严重污染的年代,

坚贞不渝地敬畏诗歌,

出污泥而不染的诗人;

始终持有纯洁的诗歌观,

不为名利驱动低调写作的诗人。"(一位老师的话,我借用了)

向诗人致敬!向诗歌致敬!

初冬小阳春

推开南窗，无风

这是初冬

蓝，在天空尽情的染

白鸽子飞在蓝天

寻远去的炊烟

月光西斜，晨光深情

野菊花远离喧嚣，圣洁幽静

推开门

走出去，跑步

小区花园的小径

有众多干净的灵魂

我不会与他们冲撞

我会左转弯，右转弯

我也会转身向后

每条小径，都有我清新的呼吸

初冬的朝阳温暖如春

那些花儿，那些草儿

仿佛永远活在春天

不知所措　生活

1. 不知所措

有没有一处优美的风景
让脚步停下。想着想着
一个又一个秋日渐渐远去
我有些不知所措

在去上班的途中
我遇见了伟大的诗人——
初冬的阳光

2. 生活

踩着季节的节拍
像陀螺一样旋转
闪电后是一声巨雷
生活啊
你会不会戛然而止

如水的村庄

大沙河、三河、小河
曲曲弯弯
这是我儿时村庄的河流
田埂、河堤、公路
弯弯曲曲
在我内心渐次复活

灵动的河流
临水的村庄
斑竹园，杨树林，柳树林
在我文字中迂回曲折
也是我童年的欢乐

飞翔的姿势 初冬的迷雾

1. 飞翔的姿势

面面相觑的两个秋天
虚伪、无趣

像白鸽子
保持飞翔的姿势
多好

2. 初冬的迷雾

初冬，留下迷雾
一些人冲出迷雾
一些人走进迷雾
我行走在迷雾中
很是羡慕那些小草
他们相互行注目礼
那么真诚

第二辑 重 生

重 生

花园小径
我跟踪一条小黑狗
它停下脚步
回头冲着我汪汪叫
可能，它觉得被我打搅了
我会心一笑
转身拐进另一条小径

天边，小雨拽住风
滑下悬崖
"哼
这万劫不复的风"
我自言自语，转而又想：
"不，不能这么说
风在深不可测的地方，应该得到重生"

温暖　与一朵黄菊花对峙

1. 温暖

一朵白菊花
模仿我的姿势
沉默于原野
我俯下身子，亲吻她

白菊花抱紧旧年骨感的雪
在内心燃烧
恰似栩栩如生的白鸽

2. 与一朵黄菊花对峙

晨，与一朵黄菊花对峙
良久，泪光与金黄相依
菊花的金黄，是岁月的馈赠

一段河流

弯弯曲曲的河流
有鱼儿的自由
河水是晶莹的
渔船常常光临

鸭子、白鹅
都是河流的客人
风轻轻摇晃岸边的杨柳
云，很轻很随意

偶尔，眼前展开一幅画
父亲歪戴一顶旧草帽
双手叉腰，站在芦苇丛中

写在桐城市作家协会、
桐城诗词学会 2018 迎新年会

11 月 25 日
太阳，一如既往的照耀
文都，一如既往的温馨

惠园一楼大厅，每一个角落
充满着春天的气息，这是桐城文艺的春天
整个下午，呈现着无数个精彩瞬间

一幅优美的画卷，定格在桐城文都
诗，在家乡，也在远方

远在深圳的老总，特地从省城合肥赶来
为桐城市 2018 迎新年会作诗一首
现场朗诵，并献歌一曲
来自安庆的老总为我们带来精彩的黄梅戏

笛子独奏、二胡表演
诗歌朗诵，流行歌曲，戏曲表演
把年会推向了高潮

晚餐，喝着桐城老酒
回味着桐城作家诗人的才艺表演
真是醉了

初冬的第一场雪　大雪

1. 初冬的第一场雪

初冬的第一场雪
绕过江南的山水
悄悄落在北方的无名河
尽管她一再隐喻
还是暴露了行踪
纷纷扬扬的雪，似小鱼儿跳跃

2. 大雪

白云在乡村的天空，布兵排阵
一群鸭子把河水闹得风起水生
成群的野鹤在河岸效仿大雪纷纷扬扬
我的视线热闹而微冷

12. 13，民族之殇

——写在南京大屠杀 80 周年国家公祭日

魔鬼不会

网开一面

给你生存的机会

魔鬼只会

杀人不眨眼

你无路可逃时

一定要奋起反抗

"一路悲歌

一路血"

"回忆需要勇气

记录源于责任"

向遇难同胞献上

最深切的哀思和最庄重的祭奠！

无题 那年走失的风

1. 无题

蓝精灵去山上种桃花
雪精灵已占领一山又一山
漫山遍野，一片苍茫

而我，在河流的中游
握着一段旧时光

2. 那年走失的风

秋天的落叶怎么还没落完呀
冬雪快来了
据说明年的春天很短
那年走失的风，还在南方尽情地吹

那年走失的风
邂逅江淮的风
他们一起合力
吹故乡的月光
也吹故人的白发

慢时光　素描冬月

1. 慢时光

冬天的草

有的鲜绿，有的枯黄

我匍匐在花园的草地上

看锋利任性的风，怎样寻找出口

2. 素描冬月

一幅字画，如诗

面对它

不去体会如何押韵

不去体会平平仄仄

只是感觉它在

素描冬月——

霜花、飞雪、寒月、竹影

水仙、梅花、一品红、君子兰

温　暖

最近，母亲常来我的梦中
没有说话
父亲在自己生日的第二天夜里
来到我的梦中，也没有说话

也许，父母一直在惦记着孩儿
过得是否幸福

于是，我每天翻看日历
哪天冬至
哪天是父亲的生日
哪天是母亲的生日
哪天是我的生日
该去山上看看
那围困在野草丛中
我挚爱的父母

难忘，冰凌

冰凌，是无色的
它高过麦田
挂在乡村人家的屋檐下
村里的顽童拿着竹篙敲打它
冰凌掉下来，孩子们哄抢着
放在嘴里，热气腾腾
像夏天吃着冰棒，津津有味
冰凌，高举着孩子们的快乐
向春天进军

难忘，冰凌
难忘，童年

轮椅上的老奶奶

噼噼啪啪的鞭炮
送走了老伴
她眼泪已哭干
一声沉重的叹息
敲打着寒冷的冬天
以后的日子继续交给轮椅
这又要拖累儿女了

噼噼啪啪的鞭炮
声声诉说着无奈
辛劳一生，老了
生活不能自理
意味着不能尊严地活着
她用力拽着自己的头发
一下，两下，三下
……

晨风中　远离故土的树

1. 晨风中

晨，我在小区花园中跑步
有一小精灵
穿过裸露的树枝
晨风中，被霜花击中

这是 12 月 24 日的清晨
东方发红
时光在河流边感叹
晨风中，小草抖擞精神
迎接朝阳

2. 远离故土的树

远离故土的树
活在故乡的烟雨里
风起，树叶相互摩擦
哗哗声疼了故乡的云
旧时的月光，隔世的雪花
都在悄悄打听那棵树的去向

周　五

周五

我将要去参加小表爷的寿宴

人生 70 古来稀

70 岁的小表爷还似壮年

种庄稼，跑业务（推销塑料袋）

不输给年轻人

周五

我就要与一些亲戚朋友见面

也会见些陌生人

小表爷那位在美国定居的女儿

不知可回来？

周五

我会遇见大大小小的河流

弯弯曲曲的田埂估计消失了

这些年，乡村都规划了

新渡镇农田林网就很美

周五

可惜见不到一生辛劳的姑奶奶了

那一年，她精疲力竭地倒在风中
永远地闭上了眼睛
85 岁，寿终正寝

冬天的早晨　冬夜

1. 冬天的早晨

寒霜冷了安静的晨光
我与莘莘学子们，从容地步入校园
春的气息在弥漫

我与一树霜花对峙
似茉莉花芳香了我最初的愿望

2. 冬夜

月光、寒霜、寒风
冬眠的动物
都在追赶旷世之梦

2008

2008

轰然倒塌的神话

用四面八方的风来祭奠

流动的灵魂，流逝的年华

寻找出口

想建立新的神话

我不相信有什么神话

我遵从我的内心

时光与灵魂

总会活在阳光下

良心与品德是孪生兄弟

2008 那年

我股市失利

股票大大缩水

失落，从心间走过

梦，彻底醒了

我卖了股票

一身洒脱

看天空云淡风轻

同时爱上了唐诗宋词

2008 那年
为灾区捐款
我毫不含糊
以单位员工名义捐款
在网络圈子参加捐款

2008 那年的 9 月
北京一家单位招聘员工
面试那天，外面放着捐款箱
向四川灾区人民捐款
我同事的儿子只留下零钱搭公交车
把剩下的 50 元全部放进了捐款箱
应聘单位当晚就把这一信息
上了单位的网站
而且优先录用了他

2008 那年
太多的故事
太多的感动，汇成一句话
爱我中华！爱我中华！

从 2008 到 2018　无题

1. 从 2008 到 2018

从 2008 到 2018
飞来飞去的白鸽子
充满生机
每一次回归的白鸽子
填满了阳光下寂静的乡野
拍照吧，留下温暖
让志向随白鸽子高飞

2. 无题

雪花没来
冻雨倒是欢天喜地地来了
黄鹂站在光秃秃的树枝上
欢快地跳跃
它们的歌儿还是那么悦耳
想象的枝头
挂满了红红的辣椒

飘飞的雪花　雪中情

1. 飘飞的雪花

昨天傍晚，天空昏暗、很低
仿佛要压住尘世的躁动
飘飞的雪花
悄悄飘在大树旁，顷刻消融
雪纷飞了一夜
没有留下任何痕迹
早晨的阳光冷冷的
我的心冰凉冰凉
天空有太多的飞翔
怎么也找不到白鸽子的翅膀

2. 雪中情

喝一口桐城老酒
温馨如春。你瞧——
雪花飞舞，杨柳怀孕
新的生命即将诞生
它会生下一片草地，草色青青

夜的眼睛　温馨

1. 夜的眼睛

夜辽阔，很冷很冷
夜的泪水落在原野
成为寒霜
夜的眼睛很黑很黑
如家乡田里的泥土
能撒上种子，收获感恩

2. 温馨

夜
这至高无上的囚徒
它的泪水是寒霜
被阳光收走
留下妙不可言的温暖

残荷、荷塘　看风景

1. 残荷、荷塘

残荷从容地接住
从树枝上掉下来的
树叶、残雪、夕阳
星光、月光

顽童拾起一个冬天的童话
扔进荷塘……

2. 看风景

背靠大树
看看蓝天，看看浮云
想想往事

阳光下，火红的枫叶
像一个又一个秋天

浮云越飘越远
浮云会不会履行诺言？

看风景的女人　夜雨

1. 看风景的女人

看风景的女人
仿佛要看穿前世来生

远行的人
怀揣时光赶路，匆匆

落叶归根
是最远又最近的风景

2. 夜雨

从云端下来
顺着山路
曲曲折折，蹦蹦跳跳
抵达山外的荷塘，与荷相拥

此时，期盼——
皓月中天，万籁俱寂

腊 月

校园里的操场被雪覆盖

乒乓球台孤独着

单杠双杠孤独着

足球场孤独着

篮球场孤独着

一整天，北风恶狠狠地

让这些孤独不得喘息

校园外的孩子们

打雪仗，堆雪人，放鞭炮

"作业不用做了吗？"

孩子们才不理会大人们的唠叨

腊月会被孩子们倒腾得热火朝天

小帆船　雪啊，你停下来

1. 小帆船

小帆船装着裂变的大山
穿越黎明前的海岸线
向东，向东
在海天相接的地方
化为一个点，若隐若现

2. 雪啊，你停下来

北京不下雪
大连不下雪
黑龙江不下雪
……
原来北雪南调
下到了南方了
向死而生的雪啊
你不能这么痴痴地下了
一点也不美

此　刻

雪在童话里睡着了

缓缓流淌的是雪的妹妹

阳光光临我的书房

我在房内疾走

一只鸟飞到我窗前的樟树上

我停住脚步，注视它

"这几天大雪，你是怎么熬过来的？

冷吗？饿吗？"

小鸟不理会我，在枝头蹦跳

窗外，微风吹过树梢

此刻，我感觉这向南的窗户真是温暖

雪，有所归属

独行与读书

有时独行

适合思考一些问题

胜于结伴同行

比如，像一棵树

站在原野

若有所思地望着远方

读书，如赏花

你瞧

书的香气一缕一缕地升腾

猛吸一口

神清气爽

无题　诗人啊，诗人

1. 无题

生来不喜热闹

像寒风入眼

抱冰块感怀

云淡风轻，宠辱不惊

并不代表可以任人摆布

一座山近了

可以攀登观景

小帆船远了

还有辽阔无垠的大海

2. 诗人啊，诗人

指鹿为马

那是在诗中

诗人啊，诗人

诗外，你怎么能

"指鹿为马、断章取义

偷梁换柱、混淆视听"

晨　偏爱

1. 晨

残荷破冰仰望
世界一片洁白
严冬正在围困一只小鸟

一条河流悄悄潜伏残荷的血管
顷刻，春姑娘冰上舞蹈

2. 偏爱

经常光顾那片树林
缘于偏爱
我饶有兴致地数着每一棵大树

一场雪的转身
凸显一棵白杨的魅力
它打造典雅，拒绝庸俗

尊严地打开南窗　一条放生的鱼儿

1. 尊严地打开南窗

暖阳一如既往
草木伸展腰肢
林中鸟躲过暗箭
狗在奔跑，百兽让路

我必须剥离杂念
忽略一些烦忧
尊严地打开南窗
看春风融入一条干净的河流

2. 一条放生的鱼儿

冬日荷塘
一条放生的鱼儿
潜伏修行
不知哪年哪月哪日
才能抵达莲

初三的小雨

噼噼啪啪的鞭炮声
如旧年的雨
乱糟糟的

小雨落进湖，无声
漾起的涟漪以暗劲搏击
试图击败假象
河岸杨柳泪眼婆娑

初三的小雨
听不到雨声
看不见雨魂
只是觉得——
松树与樟树更绿了

灯

夜晚坟场
磷火闪光
原来
人死后，体内的灯
才发光

不过现在的人死后
都火葬
那么
体内的灯是分离成萤火虫
还是分割成无数的灯？

新年的鞭炮与烟花

鞭炮与烟花

制造了一片烟雾

像这阴雨连绵的天气

怎么也驱散不了

村上一位老大爷住院了

他是开门看到了烟雾，闻到了硫黄

气喘病复发

新年的乡村

空气是不干净的

尽管你够包容

少一些唠叨

专心致志治疗顽疾

尽管你借了三月的春风

种植桃花

严冬，起火了

严冬，起火了

纵火犯真可恶

我隔岸观火

看见梅花被火焰点燃

在枝头燃烧

一些信任受到伤害

比死亡更可怕

一些虚伪裸露

不可描述

这诡异的火，没有克制

招来更多的观望

还好，没有酿成火灾

无题　园丁

1. 无题

穿过橘林的时候
有暗香浮动。那一片橘红
仿佛美丽的街灯
这时，你携着一见钟情的风
像走进深夜的街道

2. 园丁

你像星星一般安静
像石头一样与大地亲近
捕捉流星的孩子，耐心地练习飞翔
你笑着站在秋后的旷野
张开双臂，准备随时拥抱他们

春天的雨云与雨花

雨云
在小广场上空酝酿
雨云像花蕾
也会向下开花，那是雨花

如果有风
雨花斜斜地开在空中
悠悠落入大地
流向春天的河流

河流在悄悄生长——
向上、向四面八方
大自然蓬勃向上
人间的欲望有增有减

当年，那个喜欢雨花的少年
灿烂的笑容隐于黑夜
黎明时分，与白鸽同飞

清明雨

天上的雨云
为什么要变成雨花
哗哗哗，哗哗哗
像往事不断地敲打窗户

这清明雨，一天又一天
越过山岗，漫过小溪
拓展河流

河流中，有渡苍生的小船

春天的灯盏

桃花、杏花、李花

梨花、油菜花

像春风点燃的灯盏

在山村，在原野

为出远门的乡亲，照亮回家的路

河流，杨柳岸

小巷，油纸伞

燕子，大雁

还有一个叫春天的风筝

在一次次回归的途中

弹起悠扬清亮的曲子

因此，春天又多了一些灵动

海鸥，五脏六腑

1. 海鸥

乘万里海风，腾飞
带走眼中的苍茫
掏出沉睡的火种
在海平面
一次次穿越，梦回唐朝
抵达明天

2. 五脏六腑

宁静掏空
伤害、被伤害
谁知？谁知？
慈悲为怀吧

乡村四月

月色冲破迷雾

四月的夜似黄玫瑰，在旷野颤抖

一枚月亮不小心掉进荷塘

惊飞杨柳岸边的黄鹂

乡村的夜，宁静

留守老人哄着留守儿童睡了

清明时节，也会有宝马奔驰驾到

惊醒熟睡的桃花、杏花、李花……

初 荷

羡慕荷

她可以重新来过

年轻，更年轻

你瞧——

晨光驱散薄雾

荷塘里，荷在痴痴生长

黄色的绿色的荷叶

是火焰，是小夜曲，是晨曲

一片，两片，三片……

生机勃勃，托举四月

一群小蝌蚪找妈妈

一群小蝌蚪找妈妈
而妈妈的天空很忧郁
这是四月的清晨
寂静的树林，洁净的池水
蝌蚪呼吸着清新的空气
云朵成为蝌蚪的方向，还有诗
与远方

麦子青青，静静

朝霞，麦子
它们青青邂逅
静静
蓝在天空，蓝在渲染
与远山相接

夜来南风起
遥想麦收季节
饺子一碗
青稞酒一杯
再赋诗一首

如剑的水草

坐在池边

抬头看天

一些思绪随云散去

低头看池中的草

它们锋利

一根根如剑，剑指天空

一条条小鱼从它们身边游过

一群小蝌蚪在它们身边游来游去

一只青蛙蹦到它们身上

风企图吹倒它们，没有成功

狼来啦

狼来啦

狼来啦

我看见狼真的来了

谎言，谎言

在疯长

诺言，诺言

在下沉

生活啊

我怎样描述你呢

疲劳了，对你叹息

感冒了，对你咳嗽

养一条狗吧

累了

对着岁月 "汪汪汪"

傍晚时分

凉风习习

落日柔美

我闻到槐花的芳香

花园小径上

孩子们在奔跑，在欢笑

树上那对谈情的小鸟振翅飞远

那个扎羊角辫的小女孩

我给她拍照

让她在我的小诗里，踮脚仰望日出

柔美的日出，天真的女孩

蝴蝶轻柔地飞，蜜蜂欢快地唱

瞬间 尘世的风

1. 瞬间

闲时，看天空
看山川河流
看村庄，看树林
看那些飞鸟
一不小心
就把异乡当成了故乡

2. 尘世的风

风，刺骨
风，转向
风，渐渐温暖
风，脱去衣服

裸露的风，遇见初夏
格外嚣张

小满，房子的梦境　夏日忧伤

1. 小满，房子的梦境

转眼，太阳已在黄经 60°
原来，我只是经过春天
做了一个飞翔的美梦

房子的梦境是绿色的
像紧急出口标志

2. 夏日忧伤

天突然阴下来
有乱风狂吼
麻雀暂时没有了方向感
在小广场上空盘旋
有喘息声来自河流的上游
天空被谁戳了一个窟窿
成为夏日忧伤

健忘　无题

1. 健忘

健忘
没法形容它的形状
一些符号从脑中排列组合
没有了优雅的姿态
摇晃健忘，希望它从幽静处走来

2. 无题

浮云会死，也会重生
天空不空

影子在月光下遐思
在阳光下匆匆

雨过天晴，风吹麦浪
百鸟争鸣

六月，老地方的雨

哗哗哗，花花花
这老地方的雨
有栀子花开的清香
有艾草的清香

你瞧——
雨水正冲刷尘世，奔向河流
老地方的雨融进汨罗江
有浪花飞溅，像麦子的光芒

谁的眼睛与雨水纠结
泪水留在老地方
谁在瞬间仰望
彩虹挂在蓝天上

我悠悠地说：
雨过天晴，我是蓝天忧云

我在仲夏

1. 忙碌

九成忙碌
挥汗如雨
听风，听雨，听喧嚣

一成空闲
思绪蓝蓝
有海的味道

2. 白荷花

白荷花
似游子杯中的酒，绵柔
凝视良久
白荷花的光芒在我心中流动
柔柔的，暖暖的
顷刻，我被月光围困

第三辑　种子的梦

写在 2018 年 7 月 31 日

1. 小溪流

喜欢这七月

尽管高温一直未停下

西山的小溪

你称它为青龙

也许别人视它为白虎

可是，它永远是清亮的山泉

你听，林中的呢喃

小鸟是多么幸福

2. 七月热浪

云朵向西，溪流向东

等月牙儿露面

南风唱一曲《999 朵玫瑰》

七月在热恋中冲浪

七夕之夜　树

1. 七夕之夜

七夕，有台风"温比亚"
有强降雨

"温比亚"没有形状
没有温柔，只会凶猛

这个美好的夜晚
我疲惫的耳朵
鄙夷地听风听雨

2. 树

树在搬运光阴
我有没有虚度光阴？
我眷恋树的影子
它送给我一片阴凉

高架桥是一条河流　六月

1. 高架桥是一条河流

高架桥是一条河流
它在小区的西北边
这条河流中
有北上的，有南下的
还有东进西出的
不管顺流而下，还是逆流而上
前进也好，逃亡也罢
风水永远存在于人的内心

2. 六月

六月的雨水
省城的飞絮
连接一个痛点

看宫廷剧的那个女人
怀孕后
生下一堆无理取闹的虚词

手　术

黑梦，孤单游走，
邂逅另一个我，
手牵手，睁大眼睛，
积蓄力量。
漆黑，漆黑，
明亮在哪里？

"你好！
醒一醒，
手术成功！"
护士轻柔地推我。
"谢谢！我可以下去吗？"
我睁开眼。
"不可以，我们推你回病房。"
护士说完，我又沉沉睡去。

梦中，途中，
我的灵魂在哪？
这么多年，这么多年，
该来一次洗礼！
让血流一些，让血流一些，
促进新陈代谢！

人模人样　意念

1. 人模人样

多少次，在公路上
看过一些狗过马路
左右张望
没车时，轻快穿过

2. 意念

松散的文字
紧凑的文字
快节奏，慢节奏
深刻的，肤浅的
只要有文学渗进
有诗性的，就好

意念怡静
江水浩荡

脚扭伤者的夜晚

风轻轻，雨沉沉
没有月色的夜
有路灯照明
给我一根拐杖
也没法走出去
无法忍受的静止
与运动对抗着
与温暖对抗着
青石台阶
见证着岁月的艰辛

听雨，赶路

炽烈的夏遇上雨

也有不尽的缠绵

雨，在赶路

仿佛牵挂着诗与远方

一天两天三天四天五天

雨不停歇

听雨，赶路

听雨，听少年的情怀

莘莘学子面朝大海

涛声依旧，春暖花开

一只狗总是汪汪叫

一只狗总是汪汪叫
儿子说：它是虚张声势
不会咬人

我笑了：我会怕狗么
看到它仰头低头都是汪汪叫
我担心它破坏了人类安宁的环境

夏日回家乡

雨水香

鸟鸣香

青草香

竹林幽静

竹子清香

夏日荷塘

悠悠莲香

漫步河堤

挥霍一段旧时光

菊花诗付流水

黄沙去了十万八千里

柳树蓬勃生长

栀子花美丽绽放

排排楼房有了超现实的美感

闲置宅基地正在开发

前尘往事，渐行渐远

生生不息，才是繁华美丽

会考的季节又来到

周五下午的公交车上
我站在一位中学生旁
那位中学生立马站起来
笑着对我说："阿姨，您请坐！"
我按住他，脱口而出：
"读书熬夜很辛苦，还是你自己坐吧。"

一年一度南风起，消瘦了多少光阴
会考的季节又来到
一声叹息，我那远去的会考季节

青　蛙

满池的蛙鸣突然停了
也许被顽童砸的石头惊吓了
也许在痴痴凝视——
石头溅起的一圈圈涟漪

青蛙，它不会飞行，它会蹦跳
它会爬上岸晒太阳
与青草野花共享一份宁静
夏天，它会落在青青荷叶上打坐

月光下，池塘里
青蛙在弹着《小夜曲》
仿佛召唤远方的诗魂

暮春时节

暮春时节，晴空万里
听阳光，看落花
落花里有缠绵的春意
春的尽头，风清月朗
青草绿意芬芳
在池边，杨柳黄鹂风中舞
在旷野，有花的海洋

《宽恕》之歌

你的灵魂游走在春天
为一个伤怀的人
为一个沦陷在春天的人
寻找出口

春的出口在哪？
夏的出口在哪？
秋的出口在哪？
冬的出口在哪？
岁月的长河如歌
唱一首《宽恕》之歌吧

我只是过客

流水带走了落花
去孕育又一个春天
桃花其实没有欲望
她只是年年来看望一下春天

流水，有时缓缓行走
不动声色。有时豪放
带着情绪不稳的雨水及其他
风风火火闯江湖，壮怀激烈

我只是过客
不在意花开花落
只关心
每条路是否都有一个出口

月夜　赤足走在山岗上

1. 月夜

月光在河流与流水交汇
我在春风中种下一株桃树
冬天，桃树会开梅花
静静与月光相拥

2. 赤足走在山岗上

提着两只鞋
仿佛提着自己的皮囊
任凭双脚在山岗上磨砺
这是灵魂与大地的窃窃私语

三月

三月多美呀
所有的美好都赶来聚会
香樟树有鸟儿的软语
还有被时光抖落的芳香
上弦月、圆月、下弦月
都有你的春光

近来，清明的雨水涌入河流
你的心情有些沉重了

清晨，姑奶奶来我家

一大清早，姑奶奶就来到我家，
笑呵呵地对我们说：
"你们以后过年过节
就不要给我红包了，
儿子媳妇不用月月给我寄钱了。
农民每月也拿到养老金了，
党的政策就是好！"
我也乐了：
"姑奶奶，您老要长寿啊，多拿养老金。"
"那是那是，人逢喜事精神爽，
长寿是必然的。"老公接过了话题。
姑奶奶说："寿命长短就交给命，
只是目前可以减轻儿女的负担了。"
姑奶奶像孩子似的一边拍手一边称好。

油菜花，您好！

在家乡农村，
每一株油菜花都是爱。
蜜蜂坐在油菜花里玄想，
以独有的方式。
春天拥抱油菜花，
以风的姿态。

谁优雅转身——
翻开了春天的诗章：
阳光，您好！家乡，您好！
亲人，您好！油菜花，您好！

春夜里

春夜里
忽略所有的喧嚣
安静地与雨对峙

雨的眼睛，清亮如街灯
我看见那最轻盈的雨滴
与春风一起飘逸

雨中，似有月光升起
与街灯对峙

哥哥都是赢家

——三八女神节有感

1. 散文家

他喊我"小诗"
喊同行的诗友"妹妹"
"我比你大
你喊我小诗姐，可以吧。"
他摇摇头，我迷茫

2. 画家

他总是喊我妹妹
我纠正好多次了
"应喊我姐，我比你大几个月。"
他说知道了
接下来的日子，他仍然喊我妹妹

3. 老公

我比他大几个月
平时他也喊我妹妹

我纠正他，他嬉笑
"每年，我比你早几个月过生日
生日比你早，当然我是哥哥，你是妹妹。"

4. 学生

带一年级学生做游戏
那个小男孩就是不当弟弟
我说："她比你大几个月，你喊她姐姐。"
他说："我个子比她高，她应该喊我哥哥。"
我笑了，他也笑了
我依了他，让他扮演哥哥
他举起双手，跳起来
"我赢了。"
我恍然大悟，哥哥都是赢家

飘在季节之外

春风敞开大门
一片叶子不安地闯进去
顷刻，又狼狈地逃回来

一片叶子只能去蓝蓝的河流
漂移，飘逸
向东，向东
静静地飘在季节之外

雨，该停了

一个人的午后，微凉
静静听雨

蒙蒙细雨
不知是沉默，还是絮语

雨，该停了
你瞧——
麦子怀揣泪水，很悲伤

雨一直下

雨一直下
多雨的初春
湿漉漉的鸟鸣
似多余的过客

一筹莫展的我
忽闻梅枝上
有蓝喜鹊的歌声
似杏花雨
坠入蓝蓝的河流

金镶玉　黄梅花开

1. 金镶玉

时光如金
把深埋心底的
一缕缕月光唤醒

2. 黄梅花开

寂静的阳台，寂静的花坛
一朵黄梅花在黑色的枝丫上寂静绽放

树根知道，树枝知道
这是生长的活力

黄梅冲破了所有的束缚与阻力
从黑暗闯进了光明

雨花雨花

雨花雨花
你替杏花开放
你替桃花妖娆
你替春天流浪

雨花雨花
你为大地歌唱
河流为你欢畅

我相信

日月都在沉默
没完没了的雨
此刻，我想起两句古话：
春雨贵如油
发财等不到，晴天会有的

尽管
我不知道什么时候会出太阳
什么时候会有月光
我相信
春天会有温暖的阳光与柔美的月光

路

不会一条道走到黑的
有三五好友陪同，观景
是美好的

路，也有自然消亡的
走路，要有选择
不声不响一个人走一条路
也许寂寥，也许优雅

我看见一条羊肠小道
从山村闪过来
正通往现代文明城市

希望冬天漫长一些

冬夜里，只记得冷
鸟语也颤巍巍的
开空调是下策
低温睡眠才是美好的
打开一扇窗，恰好看见
一片雪花追赶另一片雪花
多么美妙
希望冬天漫长一些
怕我的亲人春天犯病

两条河流

两条河流
一条扬长而去
另一条打着漩涡
被时光分割

两条河流总有一条
与你相遇
相信两条河流会汇合
会握手言欢

空椅子

大树旁的空椅子

超凡脱俗

喧闹与它无关

好梦与它无关

阳光透过树枝

照在空椅子上

晨雾已悄悄退出

他走出隧道

长长地吁了一口气

站在远处，望着空椅子

若有所思

椅子始终空着，空着

不是虚幻　我在听风

1. 不是虚幻

秋风飒飒飒
落叶沙沙沙
我似听见杂乱的脚步声

此刻
天空一群大雁时隐时现
若有若无，越来越小

2. 我在听风

风吹过
叶子纷纷落进晨光里
我在听风
而风在追赶落叶
深秋的风过于深沉
深秋的早晨不再深情
清新淡雅远离了风
独享浮世清欢

落发　你的温暖

1. 落发

古村落长发飘飘
这个冬天，她乐意修行
北风正在为她剃度

2. 你的温暖

雾霾伴细雨，冷
霜叶如红花，暖

远行的大雁啊，
你的温暖与一首诗同在

种子的梦

题记：2018 年 9 月 13 日晚，新安渡文学社六位作家小聚"爷爷的粥铺"。

这是诗意的花园
仲秋
给梦开门
秋风衔来春的种子
一半风中飞翔，一半扎根土壤
我是一颗蒲公英的种子
误入花园，跟着鹰学飞翔
我最喜欢的还是扎根土壤

蝉儿　瀑布

1. 蝉儿

晚秋时分，想起你
你把热情给了夏季
飞行时会带走一阵风
你还会蜕皮重生
谱写属于自己的生命音符

2. 瀑布

白色闪亮的光
依托悬崖
从高空坠入谷底
生根抑或漂流
壮观
我看见了海——
一群群海鸥幻化为和平鸽

花朵，你在教室等我

——致送教下乡的老师

你说——
北风没有那么寒冷
乡下的路也很宽阔
走在严冬的大地上
心里永远住着春天

你说——
小树，你在校园等我
花朵，你在教室等我
那报春的红梅，那温暖的阳光
正在爱着你们

岁　末

1. 清晨，在南窗看风景

在南窗
看雪鸟飞舞，如雾
花园广场很静
这是清晨
晨练的人们陆续跑来
悠扬的音乐响起
太极拳的一招一式
宛如流动的小溪

2. 岁末

晨光在冬的深处，冷
目之所及，平静而悠远
遥望的日光，瘦成冰点
唯有中午的暖阳
散发着春的气息

彩虹桥下
——题新安渡文学社诸君合影

不远处的群山
好静好静
阳光，彩虹桥
河边的一草一木
生动和谐

彩虹桥下
宁静之诗在此停留
我在轻声诵读——
荷尔德林的《生命之旅》

无 题

远处有雪鸟，近处也有
成群的雪鸟在小广场上空盘旋
阴沉的天空，鸟鸣飘落下来
人们都说雪鸟是预言家
一场烟雨后
必定有一场纯洁的雪

麻雀站在南窗
正偷窥书房
有书生在书架上玩着时光
窸窣窸窣
有顽童瞄准麻雀
拉响了空弹弓

过 年

1. 过年

风吹过竹林

有熟悉的乡音

遗憾，无雪妍梅

冬天里的草，枯黄而芳香

白云与白鸽齐飞

你听，谁在弹奏《迎春曲》

你听，烟花爆竹声声

游子的脚步越来越近

2. 元旦

一场雪，覆盖了沧桑

停留，眷恋

成为新年的底色——

异化、变幻的始终是时间

是枯荣的风景

不是陪同我们跨过元旦

消融于掌心的雪

礼 物

搬来一把椅子

送给大地之子

坐上去吧

欣赏壮丽的秋色

可是

北风来了

冬雨来了

冬雪来了

来的都是匆匆过客

也是天空送给大地的礼物

流动的画

一幅画，是流动的
撑着花雨伞的姑娘
在行走的路上

她来去匆匆
偶尔也会仰望天空

谁设了一个局
她没走进去

也许，她走进了另一个局
花雨伞遮住她的思绪

无　题

一夜之间
大街小巷、漫山遍野
开满雪花

雪会覆盖什么？
没有人回答
此刻，尘世寂静

咔嚓，咔嚓
刷——
刷——
刷——
谁在打破迷关？

雨，下不到今夜

雨，一直下
从昨夜下到今天黄昏
还在没完没了地下
你说，拿瓶酒来
我打开空酒瓶
黑夜趁机钻进去
我赶紧扭紧瓶盖
雨，下不到今夜
而地球的背面，也许
正下着雨

落雪无声，红梅报春

一场雪

融入童年的心境，膨胀……

雪在城里，异化，易化

雪落乡下，拥抱麦苗、油菜、炊烟

雪落无声心无痕，红梅报春

筑一座爱城，圈起心爱永恒

正　月

1. 正月初四

烟花的梦
仿佛与春天无关
云朵之上
雪的火焰在穿越

2. 初五，冒雨给长辈拜年

初春从严冬走来
冷是必然的

冒雨给长辈拜年，喝酒
醉与不醉，其中滋味
只有初春的雨能懂

雨只是雨，无色而透明
没有蓝雨，只有蓝色的祝福

3. 正月初七

雪，来得快去得也快。河流静静
烟花爆竹在小镇此起彼落
婚车排成长队，像一条条长龙
向东抑或向西，向南抑或向北
我停留片刻，感悟美好

有《殇雪》歌曲从小广场那边飘来
闭上眼倾听，美而忧伤

元宵节
——写给城市文明的建设者（农民工）

元宵节
珍藏昨夜星辰与月儿
雨夹雪，是天空的孩子
他们随心所欲

圆月啊，春风啊
是游子海阔天空的思绪
一首诗很短，一首诗也很长
烟花爆竹，美酒飘香
过了元宵佳节，游子又在他乡

小诗远航自有优越

——汪梅珍新诗集《向南的窗户》抽样分析

张无为

　　远航小诗 2015 年 2 月出版第一本诗集《远航小诗集》，近来新出版的第二本诗集《向南的窗户》系 2015 年至 2017 年上半年写的，可见作者在可持续中诗写，笔耕不辍。这可以佐证她对诗的热情及工作之余所投入的精力，而且正如她所说的"大多是生活感悟"。"作生活日志"般"为本人平淡的岁月留个纪念"，这样的选择不仅生活是充实的，作为教师尤其是语文教师，有没有创作实践，是否能在实践中领略文学魅力并且不断提升其工作与教学效果根本不一样，甚至与被动地以"下水作文"应付讲课也完全不同。换个角度，作者这样的选择在这样的时代同样是很难能可贵的。下面谈谈第二本诗集的特点。

　　首先，远航小诗正如她的笔名，其写作以小诗、短诗为主，当然还包括散文诗。体裁与体制的选择，与作者的工作性质、个人兴趣等密切关联。小诗、短诗适宜于灵感多频次出现，并且可以在短时间内完成一次诗性感悟，短文本同样可以积少成多，集腋成裘。就其诗本身而言，应当说已经形成了自己的诗思理路，即日常生活似乎不时地在触动她的灵感，或者作者能够轻易在生活中有诗意发现，书写出来无不是真情实感，这些都是诗歌写作的基本前提。从她诗集中两年多写400余首即可见其灵感频仍，多有诗思。作者写诗关注最多的是自然现象，风云雨雪、季候细节，花果草木、身边动物，其次是切身人文、亲情友爱等，无论哪类，均能应物有感，因境生情。她似乎时时留意周遭，诉诸诗思，使之成为日常不可或缺的一部分，像这样家常便饭般笔耕不辍，也不是人人能做到的。

其次是作者尽可能地执着于个性表达，这是基于前面的进一步表现。远航小诗的诗基本都是有感而发，有的放矢，她按着自己所追求的目标，写每一首都讲究认真，像编织花衣裳或者彩手帕，一件是一件，而不是胡涂乱抹，更没有大起大落的反差。也就是说她已经形成了稳定性诗写习惯。从中不难看出作者主要遵循内心要求和用意，"以我观物"，强调体味，寻求获得成诗，这是进入诗歌门槛的基本标志。在她笔下，自然现象、外景外物都有与内心的关联，大多有主观色彩。如《绿与蓝》：

邂逅一片青草地

绿占据心房

还有一些多余的蓝

我提心吊胆

白鸽子从蓝天飞过

我索性躺在草地上

让心与蓝天碰撞

从一把枪里找出爱与恨的区别

该诗从色彩感知提炼出绿与蓝两种主色调，一种是"邂逅一片青草地"，另一种自然是蓝天，这些似乎都是在人们意料之中的，由此抒发绿地蓝天情怀也是大多数文本套路。而后来者在选择同类题材时，应该顺水推舟又有所变化。就是说，对习以为常的自然如何重新书写，怎样才能重新书写好，其实有跨越基本套路的难度。在该诗中，作者对绿与蓝的不同感受是"绿占据心房"之后，"还有一些多余的蓝"。蓝成为多余的，这是令人意外之处，而且让"我提心吊胆"。接下来是"白鸽子从蓝天飞过"，可见绿草之于"我"与蓝天之于白鸽构成了对立，进而写道"我索性躺在草地上/让心与蓝天碰撞"则更进一步。而结尾"从一把枪里找出爱与恨的区别"显示出绿与蓝、"我"与白鸽又是爱与恨的关系。彼此间有层次的区别原来是"一把枪"，说到底是鸽子所代表的和平与枪所代表的杀戮形成对比。

以上是解读的大体逻辑链，从中可见，作者所表达的内在运行轨迹，已经在无意中重新处理了绿草与蓝天的关系，并且将二者对立起来，这是突破习惯、重新诗意化的重要表现，也是当下诗写甚至整个文学书写的重要前提。而且，将绿草与蓝天对立处理只要有自身的顺畅理路就不会有问题。当然，该诗在具体推演到和平与杀戮时如果考虑到更丰富的意味辐射，就需要调整诸如"还有一些多余的蓝""我提心吊胆""与蓝天碰撞"等一些辅助性却也关乎节点的话语。否则，会在解读中有混乱之感或无效关联。说到底是作者如何清醒并深化创意问题。要知道，文本的潜含可能，必须以作者抵达的可能性为前提。

其三是同类题材的诗写需要考虑个性化超越，尤其涉及众所周知的意象时应该引起足够的注意。如《秋天，你是我的邻居》：

推开秋天的窗户

窗外，桂花芬芳飞舞

稍远处，一群小黑鸟冒着细雨

在小广场上作画

而后乘着杨柳风，飞上了一棵开花的树

秋天，你是我的邻居

我一直在你的身边，从未走远

该诗从标题设置已经显示出对秋天的独特感受。正文开始同样是一反春华秋实的习惯观念，选取桂花开放入情入理。"小黑鸟冒着细雨/在小广场上作画"然后写"乘着杨柳风""飞上了一棵开花的树"，让人想起南宋诗人释志南《绝句》中的"吹面不寒杨柳风"，表现的是人在微风细雨中春游的惬意与乐趣。秋天的杨柳风当然可以有另外的意味。值得注意的是，结尾写"秋天，你是我的邻居/我一直在你的身边"。其中"秋天"作为意象没有以往的文化定式指向，这恰恰在一定程度生成了新意，也为解读留下空间。当然，"我"一直在秋天身边，以秋天为邻居，如果有进一步开掘，应该会更好。

其四是调动新感觉，赋予文本最大的诗性可能，这是目前的难点。如《桐城小花茶》：

鸟鸣高过头顶，雾气缠绕山岭

山泉声又高又远

《诗经》轻轻挤出云层

我看见瞬间的闪电，比雪还白

一朵云飘出山外

烟雨落进红尘，桐城小花茶享誉世界

该诗作为咏物诗，开头两组意象应当说比较出色，也为破题作了铺垫（接下来"山泉声又高又远"不确切，应该调整）。第二节写得很出色，包括尾节一行半，如果与题旨关联可能会绝妙。因为个中包含了一些直觉运用与调度，可以出人意料。这是近年来许多作者所着力实现的，虽然不合理，却很合乎情感化体验。这种体验是作者灵气的重要表现，希望作者努力坚持下去。需要注意的是，正文如何关联"桐城小花茶"，既包括与小茶花之间的内在逻辑，也包括补加"桐城"所特有的元素；而最后"桐城小花茶享誉世界"则又失之直接，有点儿像做广告了。

以上四个方面，从选材到实现个性表达，再到超越既定模式，直到感觉的有效实施等，按层递性展开，也包含各自问题的提醒。远航小诗在前面两个方面基本没得说，在后面两方面既有成功实践，也难免有一些局限。想不断发展，一是需要在对诗意层次与深度挖掘上继续努力；二是对一首诗的整体设计，要尽可能考虑必要性元素的构成，这样就可以防止某些关联点被忽略。当然，这势必会涉及小诗格局的改变。

不过，小诗格局就如在宏观星夜能够有效截取一个独特的闪烁亮点，在处理方寸与大观的关系上其实要求更高，处理也更有难度。而且，小诗其实自有其优势与劣势，但小诗在精练蕴藉、以小博大等方面有其更严苛的规定。如人们常常以"麻雀虽小，五脏俱全"来说明"小"及其与整体的关系，其实这种简单化类比容易忽略许多机制与特殊性。

张无为

2018 年 6 月 18 日 23：34：13

后 记

　　诗人张二棍说："生活的矛头指向我的时候，是诗歌给了我一面盾。"很欣赏诗人张二棍，我不是诗人，只是偶尔邂逅诗歌。

　　本人汪梅珍，网名远航或远航小诗，安徽桐城人，2010 年开始在网络习诗，曾经在中国诗歌流派网担任过诗探索栏目与散文诗栏目的编辑。在诗歌流派网读诗评诗，我深切地感悟到好诗在民间，好诗在网络。我钦佩那些为诗歌默默奉献的老师们，比如诗歌流派网就有许多诗歌名家牺牲自己的休息时间，为诗歌爱好者点评诗歌、推荐上刊。向老师们致敬！向诗歌致敬！

　　我的诗集《慢时光》就要出版了，感谢新浪博客邂逅的良师益友，感谢中国诗歌流派网邂逅的良师益友！感谢诗人韩庆成老师为我们创建的学习交流平台——中国诗歌流派网！

　　《慢时光》收集的是 2017 年下半年至 2019 年在网络抒写的诗歌，我的诗观是：爱诗歌，爱生活，且行且吟，捕捉日常生活的点滴和浪花，感悟人生的真谛。在此，期待师友们斧正。

汪梅珍